Tf
291.a.
(rés)

Tf 291 a Rés.
Pet Fol

# Le Café Concert

LITHOGRAPHIES

DE

H.-G. Ibels

ET DE

H. de Toulouse-Lautrec

TEXTE DE GEORGES MONTORGUEIL

867

DÉPÔT LÉGAL
Seine
N° 9161
1893

Édité par « l'Estampe originale », 17, rue de Rome. — Paris.

Il a été tiré des Lithographies contenues dans cet ouvrage

et imprimées sur les Machines à bras d'Edw. ANCOURT & Cie, 83, Faubourg Saint-Denis

Cinquante exemplaires sur Japon numérotés et signés

Au prix de 50 francs la série de 22 Lithographies

# Le Café Concert

Cassaire, maître apothicaire de Lyon, n'eut pas besoin de longues analyses pour confier au monde anxieux de connaître les propriétés du grain nouveau dont on raffolait, qu'il était astringent, tonique, excitant, digestif, fébrifuge, anti-soporifique; mais il fallait attendre près de trois siècles avant de savoir qu'il était aussi musical. Cette découverte aura été l'une des grandes pensées de notre siècle. Nous lui devons le *café*-concert. Les suffrages de la foule ont consacré la réputation de ce breuvage qui se boit jusqu'à la lie. Il eût sans doute fait faire la grimace à Socrate, qui avala cependant, sans sourciller, une fichue drogue. Car c'est un singulier mélange qui n'est peut-être pas à l'éloge du goût dans ce qu'on prête au goût d'absolument pur, mais ce ne serait vraiment pas la peine d'avoir pris la Bastille et de s'être fait tuer sur différentes barricades pour la liberté si l'on ne pouvait pas, sans en rendre compte aux rigoristes moroses, mieux aimer ce qu'on aime que ce que l'on n'aime pas. Le fait triomphant, et qui va contre toutes les philippiques, c'est qu'on s'empile dans ces immenses halls où l'eau brune édulcorée des mazagrans, la mousse chétive des bocks, l'eau-de-vie siroteuse des cerises — d'ailleurs de moins en moins distribués — s'entourent d'avenants flons-flons, et que la vogue en est à ce point grossissante, que c'est à croire que Racine passera avant le café... concert.

Le théâtre, qui jalouse la recette de ces réunions, fait courir des satires très agressives sur le bruit qui se fait là, le répertoire dont on y jouit, la littérature qu'on y entend et le prix, moins élevé que chez lui, dont on y paie ses aises. Cette dernière expression ne s'applique pas aux fauteuils probablement imités du lit de Procuste, mais à cette espèce de franchise, d'allure américaine, que l'on a de conserver son chapeau sur sa tête et de fumer son cigare. C'est l'idéal du sans-gêne et c'est le seul auquel, en ces lieux distrayants, on veuille atteindre en réalité. On peut, incité par ce sans-façon, profiter de l'élasticité du programme pour rêver à ses affaires ou à ses amours, et penser à tout autre chose qu'au panorama mouvant, ponctué de petits airs, qu'on a sous les yeux. A voir certains numéros, il est certain que le régisseur compte sur ces absences et sur ces distractions. C'est, du moins, l'avis satirique des rivaux malheureux de ces scènes que le succès patronne.

Pas plus que carabiniers, les tenanciers ne s'émeuvent de ces sorties vigoureuses qu'ils imputent à la mauvaise foi, et ils continuent à s'enrichir (d'aucuns du moins), en prenant cette devise dont ils n'ont pas la virginité : « Ceinture dorée vaut mieux que bonne renommée. » En quoi ils sont dans la tradition de tous les intendants bénévoles de nos menus-plaisirs qui n'affichent le souci de l'art que dans la conversation. Au fond, ils consultent leur caissier, et c'est peut-être encore ce qu'ils ont de mieux à faire. Ils tiennent l'article qui se vend, autant dire qui plaît. Et nous serions bien mal venus à le leur reprocher, puisque c'est nous qui le leur achetons.

De temps en temps, dans un besoin de respectabilité dont, légitimement, ils attendent de très sincères profits, ils font ce qu'ils nomment « une tentative artistique ». C'est un retour à la chanson classique sous l'invocation des ombres funéraires du Caveau; ou c'est l'engagement d'un acteur, momentanément sans emploi, sur les grandes scènes, arrivant avec un répertoire littéraire qu'il troque au bout de quelques jours pour un autre de quelques tons plus bas; c'est une tragédienne hors cadre que l'on met en vedette une ou deux quinzaines, en souvenir de ce que, jadis, l'Eldorado se donna les gants très enviés de protéger

Melpomène pour avoir prié Mlle Cornélie de lui réciter quelques alexandrins ; c'est une transfuge du théâtre qui s'essaie dans du vieux neuf inédit et ne réussit pas toujours ; c'est une divette — rien d'Yvette Guilbert — qui revient, avec une pointe de curiosité inquiète, sur les planches de ses débuts. Ces tentatives sont parfois stériles, mais que l'établissement qui les ose triomphe ou succombe, il ne s'en donne pas moins des airs d'importance : n'a-t-il pas toujours l'honneur de les avoir entreprises ?

De cet honneur, on se moque un peu si le produit ne s'y joint. On n'a jamais vu entrepreneur de plaisirs publics, personnellement convaincu de l'insuccès, persévérer sous le prétexte qu'il faut « remonter le niveau ». C'est cependant la phrase consacrée. On la cueille de temps à autre, sur la bouche fleurie des Directions. Elle masque invariablement un essai dont on redoute quelque ennui bien porté et dont on fera étalage, s'il réussit, au nom du bon goût. On se félicite de vouloir remonter le niveau, mais si, par un phénomène souvent étudié, en même temps que monte le niveau l'affluence baisse, très sagement on revient à l'étiage habituel. Et comme on a raison ! Pendant la répétition d'Irma Perrot, qui tentait les silhouettes d'un vitrail sur le thème des vieilles chansons, son directeur nous dit, sur le ton d'un homme qui se débarbouille : « Et puis ça c'est propre ! » C'était un homme venu à la propreté, un converti. L'artiste débute, en intéresse quelques-uns par l'ésotérisme de ses attitudes d'Épinal, n'est point comprise du public. Son directeur la résilie. « Au moins, ça c'était propre », mais ça ne faisait pas d'argent, et il a fallu passer à d'autres exercices — ceux de l'habituel étiage. Cet étiage correspond à une moyenne que vingt ou trente ans de bouleversements sociaux n'ont pas sensiblement modifié.

Trente ans, c'est environ l'âge de notre café-concert, de celui du moins dont la formule persiste. Il a profité. Sa fortune a été rapide et brillante. Qu'il a marché depuis le Moka de la rue de la Lune et le Cheval-Blanc — devenu la Scala ! Ce n'est plus le modeste estaminet aux faux airs de goguette, avec son unique piano-casserole que, parfois, Darcier s'accompagnant lui-même, tenait sans souffrir dans son orgueil ; ce n'est plus la scène restreinte permise, jusqu'à Cornélie, aux seules toilettes de ville ou aux dames « en peau » vêtues de soie voyante, faisant la pose, toutes au salon, thèmes à banales facéties pour nos muscadins qui exprimaient — outre quelques naturels cris d'animaux — leur admiration : « Moi, je prends la Rouge — La Verte, veux-tu ? — »

On a renoncé à l'exhibition, empruntée aux mauvais lieux, qui ne constituait pas le moins gros numéro du programme ; les choses sont infiniment plus décentes. La poseuse, délivrée d'une obligation qui ne laissait de liberté qu'à sa prunelle, entre et sort, marche, trépigne, court, danse en ses jupes, s'effondre. Elle se venge de l'immobilité qu'elle garda durant les primes années innocentes du café-concert en se livrant à une chorégraphie épileptique qui a l'avantage de joindre à l'exposition du haut celle du bas, et qui rend mieux ainsi la pensée de ces jeunes personnes.

C'est même l'une des dernières conquêtes du concert, que le chahut. Il l'a emprunté à nos bals modernes, et comme le fameux « niveau » était réputé en baisse, il a prié quelques danseuses naturalistes de faire irruption, et leur a jeté ce cri qui est tout un programme : « Excelsior. » Plus haut ! Elles ont fait de leur mieux, ces belles filles désarticulées, et leur art, du bout de la bottine, a pu atteindre jusqu'au premier lustre. Leurs jambes ont mimé, sur un rythme de quadrille, la chanson lascive. Chacune y eut son genre. La Goulue impudente et cynique, beau brin de fille canaille dont le coup de jarret vous coupe le respect à quinze pas, correspondait à Colmance. Grille-d'Égout, réservée, énigmatique, presque du monde au point d'éduquer Réjane, distinguée autant que souple, était bien la pimbèche souriante de Nadaud ; Rayon d'or tapageuse et tapal'œil, tenant de la Belle-Hélène le secret des cheveux carotte, était comme le chahut impérial et la chanson parisienne de Meilhac et d'Halévy. Georgette Macarona, grassouillarde et du peuple, ainsi que ses amours, qui aime à rire, qui aime à boire, et qui joint à l'entrain d'une vivandière l'audace d'un carabinier, ne pensez-vous point que Béranger la revendiquerait ? Mais quelle chanson, hors la très moderne qu'on dit fin de siècle, pourrait bien incarner Jeanne Avril, au sourire fûté et si menu, printanier comme son nom de guerre, liante et serpentine, dessineuse d'arabesques avec le bout de sa petite mule barbottant dans les mousses de son jupon ?

Un aliéniste a menacé notre génération de finir dans le sac des désarticulés ; il sortait probablement du concert, le jour qu'il prononça cette sévère prophétie. Pour une bonne moitié, la chanson à succès de ce temps-ci relève du trémoussoir de feu Charcot. Elle trépide. Elle a l'hystérie gesticulatoire. Notre célèbre Paulus, qui a retrouvé pour son compte la silhouette de César et qui a, au reste, failli reconstituer le césarisme en revenant de la Revue, semble s'être aperçu le premier de l'influence du mouvement dans la rénovation de la chanson française. On chantait, jusqu'à lui, debout, face au souffleur, figé, et les plus osés à peine se permettaient-ils, tel Ouvrard, une pantomime des doigts (Mais à la façon antique — car il faut toujours en revenir aux Grecs ; seulement, au lieu de hausser le cothurne, Ouvrard allonge les phalanges, insérées dans la filoselle des gants d'ordonnance que « subsidiairement le Gouvernement donne au fusilier Bridou »). La légende — Paulus a la sienne, comme tous ceux qui ont subjugué les Nations — la légende veut que Paulus débutant, exilé dans les paysanneries, ait été touché de la grâce, un jour qu'il vit se désarticuler les pantins d'Holden, aux mouvements essentiels et rares ; il en conclut, avec la rapidité de son jugement — ce coup d'œil de l'Autre — que l'homme prendrait grand plaisir à voir les marionnettes en sa personne ; et la Chanson, de la voix et du geste, dès lors fut, par ses soins, cette pantomime qui devait tomber dans l'outrance jusqu'à épuisement.

Quand l'astre de Paulus monta, il y eut une seconde d'émotion au concert. Tous ceux qui cherchent, chaque matin, qui, pour être originaux, ils pourront bien imiter le soir, demeurèrent bouche bée. Le succès, décidément, était à ces pirouettes, à ces marches, contre-marches, cavaliers seuls et imitations de claudications variées — la boiteuse et l'invalide. C'était tout un art à réapprendre.

On avait bien la sortie de scène, cette gracieuse aile de pigeon, cette envolée sur une patte, qui, apprise à vingt ans, quand on est svelte, est encore permise à l'acteur de soixante, engraissé et rhumatisant, tant l'accoutumance est une nature substituée. Le ventre de l'Amant d'Amanda se permet toujours cette aimable sortie. C'est une variété du Génie de la Bastille. Mais, tout de même, l'instabilité du centre de gravité n'est point sans menace, et l'on prévoit le jour où l'on devra, comme jadis on relevait le vieux Baron ankylosé aux genoux de Chimène, ramasser sur la scène, où il aura perdu plus que son sérieux, Caudieux qui pirouette pour saluer, sans soupçonner assez quelles lois président à l'équilibre du corps humain.

Ce fut plus qu'une pirouette que Paulus imposa. Adepte dissimulé de la Ligue pour l'éducation physique, il fit en sorte que la chanson devint une école de gymnastique. Par la sans-Bœuf! il arpenta la scène, se développa les pectoraux et partit du pied gauche, sur l'avis de la grosse caisse sentimentale; mais non sans talent, sans originalité consciencieuse, sans une voix prenante, réchauffé d'un doigt de Bordeaux qui trouva des amateurs. Nous en a-t-on servi depuis des contrefaçons de ce petit bordelais! Nous en servent-ils encore les nombreux Dubreuils, du Clos Paulus, qui ont son œil, ses rides, son front, ses pantalons gris-perle, mais point ses exigences illustres, ses fantaisies immenses dont l'univers est avisé — car Gobert pouvait bien être Napoléon au Cirque, mais ce n'était point tout de même l'Empereur.

Le mouvement était imprimé — un mouvement d'horlogerie. Toute la troupe des Concerts de Paris en fut secouée. Ce fut pour cet art un frisson nouveau. Le concert dansa, galopa, gambada, quadrilla, sauta, tressauta, mais par l'effet de déhanchements intérieurs, mécaniquement, sans liberté, ni caprices, comme si s'organisait, sur la scène, la course aux canards de Vaucanson.

Ce qu'était le système Paulus? Avec un zèle excessif, Kam-Hill l'allait démontrer. Outrant les gestes et le débit appuyé, le laborieux parodiste, suant, soufflant, geignant, peinant, traversant gilets de flanelle et habit rouge, devait accentuer encore ce mécanisme de la diction gesticulatoire.

Employé modèle dont la chronique fit, par complaisance, un jeune homme pauvre à la recherche d'une dot pour épouser l'héritière de son choix — il s'était découvert son talent très probablement dans la glace. Il en conclut qu'il possédait tout ce qu'il fallait pour chanter le genre nouveau. A ses dons naturels, il joignait une énergie supérieure et la conscience de pouvoir assommer un bœuf d'un coup de poing. L'expression de cette force se trahit dans ses gestes d'athlète et sa voix de hérault. Cette chose ailée, légère, aérienne, la Chanson, il l'enleva, mais comme un poids de vingt kilos et comme à bout de bras. Le pénible travail! Il croyait avoir la méthode de Darcier, il avait celle de Marseille jeune. La Chanson surprise le regardait — Petit chaperon effrayé du loup. Mais ces grands bras? Mais ces grandes jambes? Mais ces grandes dents? Et lui, sa forte mâchoire en avant: « C'est pour mieux t'aimer, mon enfant. » Et les os frêles de la pauvre mignonne, sous les étreintes du rude mâle, craquaient. « Je possède la Chanson », disait-il. C'est possible, mais non sans viol. Consciencieux au vrai, souhaitant plaire, s'y employant de son mieux, il n'a que le tort de se fatiguer trop pour ne pas nous fatiguer un peu. L'effort est curieux toutefois et méritoire, mais il fait penser à Arnolphe. La Chanson, comme la gentille Agnès, lui en cite tant et tant qui la courtisent et sans gymnastique la possèdent: « Horace, — c'est Marcadier ou Maréchal — Horace avec deux notes en fait plus que vous! »

On lui doit tenir compte de l'intention, elle est louable. S'il s'agite, c'est que son couplet le mène. S'il se hâte, c'est qu'il suit une caravane d'Anglais. S'il se précipite, c'est que peut-être bien le pendu n'est pas mort. Il a ses raisons toujours, et ma foi assez adroites. Ses imitateurs n'en ont pas. Ils n'ont que le désir de se donner du mouvement. Il faut se remuer pour arriver à quelque chose, ils se remuent, et ils sont tout étonnés — fiez-vous donc aux préceptes! — de n'arriver à rien.

La trépidation excitante a surtout gagné les femmes. On sait leur passion pour les exercices violents: elles la satisfont au café-concert où elles ont transporté la balançoire hygiénique. Ce qu'elles chantent ne s'y prête pas toujours, mais c'est toujours leur plaisir. C'est parfois aussi le nôtre. Au hasard des turlutaines, sur une musique tout en borborygmes — *tra la la la la la la!...* — la pétulante Duclerc exhibe des dessous. Oh! ces dessous. Ami, n'as-tu rêvé? Elle est reine du chahut à cette heure, et avec Nini-patte-en-l'air fait école. Beauté à l'ail, piquante et relevée du Midi — té, mon bon — comme la Rosière de Marseille, son émule, dans sa gamme, la note la plus élevée est de la lingère. « Peste, ma chère, tu as donc fait un héritage pour porter des pantalons pareils...? » Les litiges parfois publics entre ces artistes et leurs couturières nous ont révélé le prix d'un talent qui s'applique à combiner la pauvreté des rimes avec la richesse des entre-deux. Le procès de M^me^ Eymard fut des plus indiscrets. Nous avons appris que la chanteuse avait des chemises de foulard et des pantalons de surah onéreux. Elle avait jusqu'à « un moine céleste » facturé dix louis, qui intrigua les impertinents. Le moine était-il chartreux, capucin ou carme? Jamais plus beau linge propre ne s'étala en police correctionnelle. On visita sa garde-robe. « Monsieur, aurait-elle pu dire avec fierté, c'est mon répertoire! » Dans la revue, cette année-là, précisément, elle était en plage normande et c'était elle — ô ironie! — qui chantait les « petits trous pas chers »!

Cette lingerie est une nécessité. Connaissent-elles, au cours d'un couplet, quelle position elles prendront? Elles sont comme ces femmes prudentes qui craignent les accidents de voiture ou autres et qui s'habillent en se disant: « Sait-on ce qui peut nous arriver? » Elles sont si stupéfiantes, si inattendues! Et quelles poses clownesques! Cette sensation qu'elles tiennent du clown est si nette qu'elles-mêmes, volontiers, adoptent pour coiffure le toupet du comique de la piste.

Ce n'est pas le seul toupet qu'elles affichent: il n'est pas mince celui de chanter sans voix et d'être souvent si brouillées avec le chef d'orchestre qu'ils ne peuvent tous deux s'entendre. Maintenant, si vous exigez que les chanteuses sachent la musique, vous serez malaisément servi. C'est toujours leur prétention, ce n'est jamais leur souci. Elles s'en passent et n'en sont pas plus mal considérées pour une ignorance si générale qu'on entendit un jour un directeur de café-concert réclamer qu'on jouât plus haut. « Je paie assez cher, dit-il, pour qu'on ne baisse pas d'un ton. » N'avait-il point confondu l'orchestre et le gaz?

On en voit s'embarquer avec un bagage qui n'a pas payé cher d'entrée, si l'art a une douane. L'idée de chanter, comment cela leur vint-il? Pour beaucoup, de nuit, — non en écoutant chanter le rossignol qui les eût fait rougir par ses vocalises de l'indigence de leurs roulades — mais en soupant, au champagne, poussées de vins et dans la familiarité qu'autorise la coïncidence de la glace et du canapé. Échantillonnant les différents aspects de leur savoir-faire, elles s'essayèrent ainsi dans un refrain en vogue. Cela les pose et apprend qu'au moins avec elles quand c'est fini de rire on peut chanter. Ces messieurs se le disent, et c'est une plus-value. Tout ce que Libert — l'un de ceux qui furent vraiment créateurs — compte de modèles salue l'esprit de ces ribaudes de « bravos, ma chère ! » qui plaisent à leur vanité. « Non, mais où as-tu pris cette voix ? Exquis ! » — « Un héritage de famille, mon ami c'est la voix de ma mère ! »

On le leur conseille ; il faut cultiver ce talent. Très chic ! Parole, le café-concert n'a pas ça ! Et, en effet, ça lui fait tellement défaut, au café-concert, que la demoiselle qui s'y présente est engagée tout de suite. Des épaules, des toilettes, des diamants, c'est déjà quelque chose comme entrée de jeu, sans compter l'affermage de deux loges et d'un rang de fauteuils pour les petits gardenias de la commandite. On s'explique ainsi l'envahissement des planches par un art qui sent, à ne s'y point tromper une seconde, son cabinet particulier. Toutes n'ont pas la même origine — il y a aussi les blanchisseuses — mais ce n'est un mystère pour personne que le champagne des cabarets de nuit éveilla des vocations. Ne lui en sachons qu'un gré relatif : il aurait pu les laisser dormir.

La plus qualifiée de nos divettes excentriques était en brasserie, servante, lorsque les laudatifs de sa petite cour la poussèrent à rendre son tablier et à se produire devant un auditoire qui n'aurait que demi-plaisir s'il était aveugle. Car ce n'est pas une manière de parler, il faut dire d'elle : « L'avez-vous *vue* dans sa chanson ? » On dirait de Judic : Dans sa chanson, l'avez-vous *entendue* ! »

De ces propos, ne prenez pas ombrage, Diamantine, que Gilles de la Tourette guette à défaut de Gilles de Rais ; Polaire qui n'avez rien de la petite ourse, mais qui semblez avoir quelque peu perdu le nord. On vous verrait longtemps sans demander la toile, Nadège-Lioveni, Derval et sur vous, Fougère, on aimerait s'étendre. Vous avez la bonté de briller à nos yeux d'un éclat qui emprunte à vos diamants le plus pur de ses feux. Et nous serions bien ingrats de méconnaître le plaisir d'artiste que nous éprouvons à voir de jolies personnes qui courent la fortune en nous disant des chansons, quand elles pourraient si bien, dociles à l'avis du poète, l'attendre dans leur lit.

Rendons-leur grâce, au surplus : la littérature qu'elles patronnent n'est pas à dédaigner. Elle comporte un haut enseignement moral. Elle est la confession toute crue de la cocotte et se peut dédier à nos fils avant même qu'ils n'aient quinze ans. Ce qu'on lit de plus net, à travers les différents poèmes qu'elles traduisent : c'est qu'il faut « du pognon ». Duclerc explique ces choses avec un entrain infernal, communicative et réjouissante, oh combien !

Allume, allume,
Mon p'tit trognon,
J'adore la galette
Et le pigeon.
Pour fair' ma conquête
Faut du pognon !

Ce qui plaît en ces aubades, c'est leur franchise. Le romantisme vous a fait croire en des Dames aux Camélias et des Marion Delorme, pécheresses repenties, toutes à l'œuvre d'amour. Fantine, parce qu'il a plu à Hugo, est un être de tendresse et de pitié. On ne nous la fait plus : en avant les gigolettes et vivent les gigolos ! On nous jurait que Mlle Musette avait des procédés ; on nous faisait croire que Mimi se contentait d'un bouquet de violettes du pôle et Francine d'un manchon. Les rapsodes de la rue grattaient sur leurs guitares, sous nos croisées : « Et que faut-il à la tendre grisette ? Un peu d'amour et de galette d'un sou ! » C'est encore de la galette qu'elle réclame, mais grands dieux, que le prix de la pâte a donc augmenté !

La créature de joie, qui a ses commentatrices au café-concert, nous prévient avec charité et se peint sans fard. Nous le savons par cette traduction familière et vive : « T'as l'air, mon petit père, gaga. » — « Mon vieux, tu auras beau me faire du plat. » — « J'ai soupé de la poire du gigolo. Tra la la la la la la ! » Il faut saluer la vérité, elle n'est point commune. Elles ont l'horreur de la dissimulation et leur âme nous apparaît toute nue. Sans être bégueule, on peut avouer qu'il en est de plus décente.

« Regardez-la passer, la gentille cocotte, le jupon retroussé, voyez comme elle trotte », arpentant le théâtre, aussi dévêtue que les inconvenances le permettent, très en maillot, très en brillants, et coiffée de monuments dont Mlle Valti a surveillé et un peu créé l'architecture. De nombreuses Naya sont autant de têtes sous ce même chapeau. Cette coiffure Directoire se complète d'une robe à la Grecque, ouverte à la Tallien sur la cuisse. Naya ne se trémousse point, elle exhibe simplement un peu de jambes en son costume rose et gris de bergère — il pleut, il pleut, ramène tes dindons. Sur son carnet, elle prie qu'on s'inscrive : « Monsieur?... Monsieur?... » Et les noms volent à travers la salle. N'admirez tous point le symbolisme de cet art, et comme tout de suite cette si aimable invite remet chaque chose à sa place et l'exprime par son nom ? La face à mains impertinente, s'occupant, la prunelle coulissée de côté, trop rouge, trop blanche, trop blonde, chimique, artificielle, elle mime le grand art de lever le michet — pardon du mot : il est tombé de sa bouche. La censure ne s'en effarouche plus. « Quand d'un petit air fripon — elle joue de la prunelle — Bientôt la tourterelle — Est suivie du pigeon — avec son pognon. »

Le pognon, c'est l'obsession. Aimer égale payer. Donnant donnant. « Mon vieux Tartempion, paie donc l'addition ! »

Elle est ravissante dans l'aveu. « J'aime les gogos et leurs monacos. » — « Je trouve les hommes parfaits, s'ils sont généreux. » — « Quand un jeune gommeux veut me prendre un bécot, je lui dis : « Mon coco, faut qu'on mène souper chez Bignon. » — O Longus, ô Pastorale! Lycénion continue son commerce d'éducatrice de la jeunesse virile. Mais pour du pognon, ô Daphnis!

— Vaillante fille au fond que rien ne rebute. C'est encore Valti qui mime le geste de Duverger rentrant dans sa bouche baveuse la langue du duc de Brunswick. Elle peint l'amant : « C'est un gaga qui fait comme ça, et puis comme ça!... » Mais quoiqu'il fasse, quoiqu'il veuille et exige, surmontant toute répugnance, la jolie personne consent, victime du devoir à sa manière. « Car », dit la chanson, « dans le bouquet qu'il porte se trouve toujours un cadeau. » Tu n'oublies pas le petit cadeau, chéri?... Charmante!

C'est par là que le café-concert est une école des mœurs. Les philosophes qui en ont parlé avec amertume, vous ignoraient, Naya, Lidia, Valti, Novoli et *tutti quanti*. Vous et toutes celles qui obtiennent, ayant des pierreries et du linge, d'indiquer le but, en traduisant de surcroît leur état d'âme. L'Athénée est fermée, l'Ecole lyrique de la rue de la Tour-d'Auvergne tombée aux mains d'un charbonnier et les Folies-Marigny balayées, avec les feuilles des vieux automnes des Champs-Elysées et la jeunesse de Blanche d'Antigny. Plus de temple pour les vestales qui, plus touchées des feux impurs que du feu sacré, cherchent l'apothéose de la lumière élyséenne au théâtre. Le demi-monde a suivi la file. Les charmeuses d'hommes ont voulu connaître l'ivresse des bravos : la seule qui leur fut inconnue. Elles ont obtenu de monter sur les planches, et ce fut un beau jour que celui où Guy, Gontran et Gaston plastonnèrent dans les loges en l'honneur de Fanny Robert. Elle s'était sentie un béguin pour le théâtre et sans autre préparation, pimpante et gracieusement parée, elle prit le sceptre de la revue et pas trop guindée dans sa robe féerique à traîne, elle nous présenta successivement, en de petits couplets anodins, l'Allumette chimique — une petite rousse — qui ne prend pas toujours quand on la frotte et le Panama — une grande blonde — qu'on ne finissait pas de percer.

C'est une noble pensée que de s'acharner à ne devoir sa vie qu'à son travail. Le bel exemple donné par Fanny Robert ne fut pas stérile. Beaucoup s'arrachèrent à une oisiveté amoureuse pour se soumettre au labeur fatiguant du théâtre. Elles s'appliquèrent à l'étude de quelques couplets et, avec le plus profond sérieux, se plièrent aux multiples exigences des répétitions et représentations. La plus laborieuse fut, en ces travaux scéniques, Emilienne d'Alençon — ou plutôt simplement Emilienne, car elle partage, avec Sarah, Yvette et Joséphine de Beauharnais, l'orgueil d'être populaire rien qu'en prénom. Elle chercha sa voie longtemps : c'est le lapin qui a commencé. Elle le dompta. Elle dompta ensuite des éléphants. Elle parut dans maintes revues, se reprit aux jeux de l'amour et du hasard, pourchassant la veine, flirtant avec la mode, subjuguant Trouville qui n'avait d'yeux sur la plage que pour les chaussettes dont elle proclamait le grand chic. Elle revient collaborer pour la grâce de son profil ingénu et l'impeccable perfection du reste à la pantomime dont le bal des Quatre-z'-Arts fournira, aux Folies-Bergère, le thème croustillant.

Avant celles-ci, le concert a connu les demoiselles du monde, poussées par un irrésistible élan, disaient-elles, vers l'art pur et priant Gangloff, Ganne ou Desormes, ou un autre, de leur orchestrer une polka. Elles étaient de sang royal pour le moins et faisaient la désolation de leurs nobles familles. Elles faisaient surtout la désolation des dilettanti. Il était superflu de les écouter longtemps, pour se rendre compte que ces aristocratiques personnes nées si près du trône, au café concert, n'étaient pas du tout... dans le ton. Leur succession a été prise par cette noblesse, quelquefois du même lit, qui conquiert ses titres à la pointe de ses seins. « C'est nous, disent-elles à leur tour, c'est nous qui sont les princesses! » Et l'exquise Emilienne se blasonne d'Alençon.

On peut n'avoir ni titres d'emprunt, ni Mécènes sérieux et posséder ce don qui, peut-être après tout, a encore son prix : l'art de chanter, qui est aussi l'art de bien dire. On cherche loin l'originalité du geste, du costume, de l'attitude, et l'on a raison, si l'on doit rencontrer une silhouette curieuse ou une grimace à peu près inédite, mais l'artiste fine mouche n'extravague point. Elle entre en scène tout bonnement et, comme elle est musicienne, elle n'attaque ni trop tôt, ni hors du ton. Elle se fait écouter, car sa voix est de qualité suffisante; elle a l'esprit de ce qu'elle chante et son goût lui indique l'art délicat des nuances. Elle a des gants blancs ou des gants noirs et elle est coiffée comme il lui plaît, car les cheveux ni les gants ne donnent pas du talent à qui en est privé. Elle s'appelle Judic ou elle s'appelle Yvette et les bravos partent tout seuls.

Ce dont on ne se persuade jamais assez, c'est que la chanson exige, avant toute chose, d'être dite. Tout le jeu est dans cette diction qui se passerait volontiers de gestes et qui se paie à peine de mimes. Seulement, ce genre ne souffre point la médiocrité et c'est pourquoi tant de prétendues diseuses sont insupportables. Elles roucoulent sur le rythme banal des romances puériles ou graveleuses en trois chapitres ou en quatre couplets qui forment le fonds de ce répertoire auquel Duparc, qui, elle, a du mérite, a attaché son nom.

Il a quelque peu vieilli, ce répertoire Duparc. La vogue est loin de ces contes grivois, à équivoques et sous-entendus des Villemer et Delormel. Ce n'était ni rare d'invention, ni d'esprit très fin, sauf en quelques exceptions — par exemple, les *Ecrevisses* de Jacques Normand, un mets suffisamment épicé qu'on nous a servi pendant plus de dix ans. Elles nous revenaient toujours ces aphrodisiaques présentées de cent façons par des cuisiniers dont la main n'était pas toujours très experte. Ce n'était plus, sans doute, des écrevisses en cabinet particulier, mais quelque chose d'approchant comme poivre et piment : de l'adultère tempéré, des escapades de mari, des étourderies de petite femme; l'éternel vaudeville, mais avec un soupçon de moralité pour finir la comédie et amadouer la censure.

Mlle Brébion, brune et potelée, l'œil limpide et noyé de candeur, de sa voix zézéyante de petite fille, qu'accompagne la contorsion d'un joli bras qui se lamente, marche dans ce sentier rempli d'ivresse. Mais elle est de la race de la Grande Duchesse et tous ses refrains sont pour dire : « Ah! que j'aime les militaires! » Elle sait des histoires de garnison dont ils sont toujours les héros récompensés. Elles les conte avec une ingénuité martiale et une joliesse cavalière un peu enfantine. Dans les revues, on la coiffe d'un képi galonné et sa jupe qui s'ouvre sur un maillot est à demi-close par une dragonne d'or. Elle adore imiter la charge, tirer d'imaginaires petites moustaches de sous-lieutenant et faire le salut militaire. Parfois, redevenant maternelle, elle se penche sur les « anges » que sont nos enfants. Ils crient comme de beaux diables. « C'est pour avoir, dit-elle, du bon lolo que maman a dans ses bouteilles. » Le corsage est plantureux et les bouteilles se voient. « Régalez-vous, petits gourmands », dit-elle, tournée vers les loges. Et l'on se prend à songer aux maternités galantes des vignettistes du siècle dernier, aux gracieuses mamans de Debucourt dont la gorge était nue, à deux fins.

Le sein est l'un des amusements favoris du café-concert. C'est un sujet inépuisable de plaisanterie et d'intérêt. On chante les vrais, on chante les faux, on les chante fermes et jeunes, on les chante égarés et avilis. Paulus les illustre d'une polka. Et comme on ne respecte plus rien, on les appelle tout à trac des « nichons ».

La joyeuse Bonnaire — cette réputation solide — les traite en fétiches; elle les honore partout. Les grasses histoires qu'elle débite avec sa belle humeur contagieuse et sa gaieté de boute-en-train qui s'essouffle pourtant, à la longue! Tous les couplets faits à sa mesure sont une niche pour les seins. C'est un effet qu'elle connaît certain, elle se garde bien de le perdre. Au reste, tous les Rubens des planches exploitent l'avantage des copieux estomacs et les coq-à-l'âne sur les avant-scènes sont monnaie banale. Il y aurait une étude à faire sur les mille et une façons de parler des nudités de gorge au café-concert. Il n'est thème plus abondant, plus riche, plus varié. Ce n'est plus la Muse, c'est l'amusette. « Ah! que j'aime, chante Chebroux, ces amusettes-là! »

C'est un plaisir récent. Dans l'antiquité, encore que les Vénus de Milo ou d'ailleurs n'avaient rien à redouter de la comparaison, fût-ce avec Mazedier ou M^me^ Bloch, on dédaignait, nous expliquait-on l'autre jour à l'Académie des Sciences, ces accidents qui, depuis, ont donné aux humains tant de distraction et au café-concert toute une littérature polissonne... « Elle est en fer », dit Delay, en frappant sur sa robuste poitrine avec les gestes peuple qu'elle a empruntés à Thérésa et à la bonne grosse Demay, trop tôt enlevée à la tendresse de Renan charmé de la voir casser des noisettes en s'asseyant dessus.

Un autre sujet de rire d'un ordre peu délicat — mais surtout à l'usage des hommes — c'est le dévoiement. Il est inimaginable comme les poètes de ces lieux s'appesantissent sur nos misères d'entrailles. Les plaisanteries scatologiques sont toujours, parmi eux, en odeur de sainteté. Et tel chanteur volontiers insère dans sa romance un couplet à cette intention : « Ça porte bonheur », dit-il. Et le fait est qu'il n'est rien de plus sûr pour mettre en joie le spectateur. Nos pères riaient de même. C'est l'héritage de Volange, célèbre jusqu'à fréquenter chez les grands seigneurs pour avoir dit, dans les *Baltus paieront l'amende*, après avoir reniflé le contenu liquide d'un jet nocturne : « Ça en est! »

La manche de Jeannot — comme le couteau du même — est inusable. Elle s'adapte à l'habit de nos comiques de concert : à l'habit à la bonne franquette de Plébins qui a quitté sa chique et qui dit, avec le *Vase*, la douleur des constipations opiniâtres et qui explique que dans un grenier l'on est bien à vingt ans, parce que l'on a porte à porte le réduit intime et qui donne d'une façon que vous devinez le *la* aux chanteuses. Elle s'adapte à l'habit de coupe surannée de Maurel faisant ses confidences sur le gaz de la Compagnie, sur le récipient qu'il offre à sa bergère. Elle convient à la redingote à la pocharde de Bourgès; en ses *cusoignes*, il se garde d'omettre ce trait farce. Caudieux, fidèle à des costumes moins extravagants, explique que s'il vient quelque chose de ce vent-là... Enfin, tous jusqu'à Bruant qui fait dire à son philosophe du pavé, libre de ses actes : « T'es dans la rue, va t'es chez toi! »

Vous entendez par là s'il se fait une effroyable consommation de haricots. Le nom seul de ce légume jouit de la propriété hilarante de fendre les bouches du large rire de Sulbac et de secouer les bedaines. Sur un programme qui comporte vingt numéros, la scatologie — du côté des hommes — nous révèle des désordres intestinaux très graves. N'en doutez point; ils nous confient l'état de leurs digestions avec une insistance du plus parfait mauvais goût. Ils tiennent qu'il nous est agréable de connaître les secrets de leur table de nuit, leur passion des farineux, les purges qu'ils viennent de prendre où le clystère qui les attend. A la vérité, on ne le leur reproche point. Le feraient-ils si la sympathie ne répondait pas à cet étalage de nos petites sujétions humaines?? Ils savent qu'on rit s'ils abordent ces facéties roulant sur les pires et ordes matières; ils en usent jusqu'à satiété. Et l'expression ne fut jamais moins impropre, si elle signifie jusqu'au dégoût.

Une pudeur — probablement la dernière — prive le répertoire féminin de cette source de joie. Souhaitez que le plus longtemps possible les jolies lèvres nous épargnent l'aveu des turpitudes de notre misérable esclavage. Elles ont mieux à dire. Voyez-vous la grasse et blonde Thibault, qui a les plus belles épaules du monde, s'égarer dans le dédale de telles insanités! Si elle a quelque gravelure à souligner, c'est qu'elle parle, délicate et maniérée, des amoureux et de ce qui les occupe. Fidèle à la vieille romance roucoulante et pigeonnarde, elle a dans son répertoire quelques couples de ramiers sous bois et des sentimentalités que sa bouche en cœur fleurit d'un sourire. « Si vous le vouliez, ô Mademoiselle, nous irions tous deux dîner à Meudon... » Elle tient l'article de Paris : genre banlieue et dimanche d'été; les petites ouvrières, volontiers, viennent à son école apprendre la romance classique, avec ses dîners sur le vert gazon, les enlaçantes causeries, les doux rêves bleus, et l'infidélité finale. Car ces coquins d'hommes sont bien toujours les mêmes... Enfin, pour être bref, qui dit Duparc, dit Thibault — l'autorité en moins, quelques diamants en plus.

Et de sa suite sont encore cette Blanche de Kerville — une inconnue — longue et tragique, diseuse intelligente, comédienne qui fait vivre ses chansons colorées, non sans âme; puis l'astre nouveau, l'ébouriffée Lekain, cette blonde arrivée d'on ne sait où et qui triomphe par on ne sait quelle grâce mignarde où si peu de voix économisée avec mesure produit une sensation ravissante — mais dans une unique gavotte, toujours, hélas! la même. Micheline, toute jeunette, nous entretint de l'espoir qu'une étoile se levait. Mièvre et chatte, de soupirer elle avait une si agréable façon... La pantomime l'a depuis, avec Mendès, très dévêtue et à peu près nue, troublant le flâneur qui bute du nez aux éventaires, on ne sait trop si elle chante ou, sans rien dire, ne se borne pas plutôt à enchanter.

Le bataillon de ces diseuses « genre Duparc » n'est pas le moins agréable du café-concert; il lui manque seulement l'originalité. Puis cette musique est affreuse. Un air toujours le même, sempiternellement veule, canaille, relavé, revient et nous obsède de sa banalité geignarde.

Ce fut peut-être la cause du succès de ces vendredis classiques où M. Sarcey goûta les ultimes satisfactions d'une tendresse qui n'a jamais caché sa fidélité au Pont-Neuf. L'idée était heureuse d'offrir dans une salle parisienne, une fois la semaine, l'hospitalité à ce qui avait été la chanson de nos pères. Nier ses mérites — on le fait — c'est manquer d'équité. Le choix offre un ensemble qui a bien sa valeur littéraire. C'était un maître que le vieux Béranger, la mine est riche des couplets où peuvent puiser ceux qui, en un coin de leur mémoire ou de leur bibliothèque, ont Colmance, Dupont, Désaugiers, Nadaud dont la finesse bonhomme et la malicieuse gaieté survivent à leur créateur, d'hier au tombeau.

La vieille chanson, outre sa facture plus soignée, sa philosophie plus discrète, avait encore pour elle la puissance d'évoquer, avec la poésie des choses éteintes, les airs qui nous bercèrent et bercèrent aussi celles qui nous ont bercés. Bien avant que le chanteur ne parut, par la ritournelle mise en éveil, la salle guillerette trépignait d'aise. L'orchestre venait d'annoncer la *Mère Grégoire*, le *Sonneur* — « *Et digue, digue, digue don ! Ah que j'aime sonner un baptême !* » ou Fanfan la Tulipe, ou ce doux radotage, si gaiement caduque, qui détache chaque syllabe vieillotte, et qui pourrait s'appeler la « Marche des vieux » : M. et Mme Denis.... « *Souvenez-vous-en ! Souvenez-vous-en !* »

Si l'on s'en souvenait ! C'était le charme de cette littérature, soudain exhumé, d'ouvrir avec une harmonieuse clef d'or la porte des paradis lointains. Combien ont pris, chaque vendredi, le chemin où notre critique de poids a semé quelques adjectifs bienveillants en paiement d'un plaisir qui lui rendait la jeunesse contemporaine de « *Risette ou les millions de la mansarde* ».

Ces chansons ont trouvé des interprètes d'une intelligence très fine : tel, pour n'en citer qu'un, Villé, qui paraît descendre de quelque berline d'émigré, envieux de plaire par le tour agréable de refrains qu'on souhaiterait voir accompagnés par la harpe ou l'épinette.

On tenta cette transplantation de la vieille chanson sur des scènes plus vastes, avec des troupes plus exubérantes, mais le café-concert a des exigences d'effets soulignés et de cabotinage dont la table de famille et la goguette se passèrent. Cette philosophie à fleur de peau, cet esprit enveloppé, cette équivoque discrète, cette verve atténuée, ces saillies sans gros sel, toutes ces vertus qui caractérisaient la chanson au temps de Béranger et de Debraux sont noyées dans le fracas des cuivres, l'ampleur du cadre, l'inattention d'un public qui cherche autant à voir qu'à écouter et qui fait autant fête à l'exhibition qu'à la diction.

Le retour, par d'agréables sentiers, à la vieille chanson — dont Eugène Baillet est le scoliaste — n'a pas révolutionné le concert : il s'est localisé, comme un accident, où il se produisit. Tout au plus signala-t-on ce réveil par une querelle imitée des anciens et des modernes. On agita le « grelot de Collé » et on but l'ivresse des nobles disputes « dans le verre de Panard » et l'on en fit entendre de dures au vieil amant de Lisette. C'étaient les nouveaux qui menaient la campagne — fils ingrats — contre leurs pères — car on les défie bien d'établir que la plus réaliste chanson n'a pas dans ses veines un peu du sang de ses aïeules de France. On est toujours le fils de quelqu'un. Il n'y a pas d'art spontané.

Les anciens, mal abrités dans les forteresses démantelées de la *Lice* et du *Caveau* ripostaient médiocrement sur des airs connus. Ils diffamaient, au nom des succès d'antan, les succès d'aujourd'hui; ils accusaient les quelques poètes qui s'égayent à rimer d'être de faibles prosodistes. C'était puéril. Autant qu'était injuste la génération des nouveaux jetant ses sarcasmes à « l'Anacréon de la garde nationale ».

Rien n'était plus favorable à la chanson que ces disputes : ils la galvanisaient. Se fut-on tant disputé si elle eut été morte ? « Bah ! disait Nadaud malmené, petit Bonhomme vit encore ! » Ces jeunes, comme ils le devaient, pour être originaux, repoussaient le style d'une autre époque allaient créer une formule moderne, que les uns appelleraient zutiste et les autres fin de siècle.

Leur chanson, libre, irrespectueuse, très espiègle, était née au cabaret littéraire, dans la salle de garde des hôpitaux, à la sortie de l'école de droit. La chanson de l'empire, débraillée et canotière, qui avait été bâtarde et chahuteuse avec Thérésa — tout en gueule, elle musclée, solide, hanchée crânement, vivandière du dernier bataillon impérial — se transmuait. Les *Gardeuses d'oies*, les *Femmes à barbe*, les *Pompiers de Nanterre*, tout ce pittoresque de foire provinciale était métamorphosé en un macabre sceptique et dolent, railleur à froid qui attendait son interprète — quelque candeur profondément vicieuse. Et la nouvelle Thérésa souhaitée, à propos parut, mince, pâle, point gesticulante, engainée dans une robe à la Besnard d'une note d'art tout à fait..... comment la nommer ? On cherchait : « Fin de siècle ! » dit-elle.

Ce que l'on chante au café-concert n'est pas si indifférent que beaucoup d'étoiles le supposent. Un répertoire intelligemment choisi donne quelques privilèges. Le triomphe fabuleux d'Yvette Guilbert est fait de deux parts : son propre talent si en dehors, sa voix mordante, son entente du costume, son air gaiement funèbre qui est la dernière forme de notre rire, mais l'autre part est son répertoire. Elle a chanté autrement et elle a chanté autre chose. Elle s'est faite la muse des pince-sans-rire, la traductrice d'une humour très singulière, spleenétique et immorale ingénuement.

Un des travers de Thérèsa qui nous est revenue et qui a été saluée avec une grande honnêteté, c'est de ne jamais s'être convaincue qu'il est bon d'avoir quelque chose à dire. « Mais, faisait-elle remarquer finement à ses fournisseurs, si vous mettez de l'esprit dans votre chanson, qu'aurai-je à y mettre, moi ? » Les dindons qu'elle gardait, laïtou lalaire, lui suffisaient comme part de collaboration. Cependant, elle n'eut pas à se plaindre de cette manie *A la Terre* qui fut, grâce à Jouy, les derniers feux de son astre qui se couchait.

Deux artistes, de celles qui, au firmament du concert, occupèrent une place privilégiée, auront pu céder à la fantaisie mélancolique de revenir, après vingt ans, sur la scène de leurs premiers efforts. Mais tandis que Thérésa — gagnée par la douceur de la cinquantaine, en réapparaissant à l'Alcazar — panachera son célèbre répertoire de refrains moins canailles, se faisant, gagnée par un art plus attendri et plus discret, une physionomie si différente de celle qui avait révolutionné les dernières années de la féerie impériale, Judic, elle, nous reviendra pareille à la Judic des primes années.

On ne l'attendait point sans une certaine crainte, nuancée d'une sympathie un peu humiliante. Était-ce le lot de ces triomphantes, de ces charmeresses, de connaître, vers la fin de l'apothéose, l'obligation des tâches ingrates ? La Judic des théâtres revenant à l'humble tréteau d'origine, quelle impression douloureuse ne donnerait-elle point ? N'allait-elle pas accuser, dans le répertoire suranné de son enfance, la distance qui nous en séparait ? On éprouvait ce malaise, cette angoisse de l'amitié soumise à la rude épreuve des affronts possibles. Tout Paris, pour sa rentrée, était là. Elle fut annoncée. Il se fit un grand et religieux silence. Elle parut...

Un peu épaissie, peut-être, mais l'embonpoint n'est pas pour déplaire quand il n'atteste encore que la chaude maturité ; elle était, de visage, aussi exquise qu'autrefois. Elle avait toujours son doux sourire, et l'expression affable et spirituelle du regard qui est chez elle tout charme. La voix avait-elle conservé toute la pureté de son cristal : les musiciens dissertaient, sans doute, sur ce point, mais le public, subjugué, l'écoutait et se laissait aller au plaisir du plaisir, sans la contrainte pédante de l'analyse. On la nomma, un jour, « l'École des mines ». Le mot est heureux. Elle n'a pas perdu cet art de dire qui s'accompagne des jeux de physionomie, des gestes sûrs et simples et d'inflexions de voix d'une richesse et d'une variété profondes. On lui demandait la définition de son talent. Elle s'en tira avec infiniment d'esprit et commenta d'un trait juste son art : « Tout peut se dire, répondit-elle, seulement il y a manière. »

C'est cette manière qu'elle a et que personne n'a comme elle, l'idéale chatouilleuse, qui sait les points précis et la durée, et qui ne trouve pas de rebelles. On ne résiste pas à cette science consommée de faire entendre tant de choses ou plutôt de les faire sous-entendre. Cet art qui n'apprécie pas, qui simplement souligne, nous séduit par cela qu'il réclame notre collaboration. Quand la situation est risquée, l'artiste ne parle plus ; son œil dit : « Comprenez-moi » et nous lui prêtons les mots qui manquent ; et l'image qu'elle veut créer surgit en nos esprits, enchantés de la saisir. C'est un miracle d'audace, que l'un de ses couplets de la chanson de la *Mousse* ; il est son monopole. Quelle femme autre qu'elle, sous peine de choquer, l'oserait entreprendre ? Il faut la charmante pudeur de Mme Judic pour être impudique à ce point-là.

C'est l'avis de la censure. Elle est sans rigueur pour cette fine diseuse qui a sa poétique et sa morale. Elle est vertueuse à sa manière. Les idylles qu'elle traduit, on sait comment, s'achèvent toujours le mieux du monde. On se marie et l'on a beaucoup d'enfants. On se permet trois couplets durant de piquantes privautés, on s'embrasse, on glisse sur la mousse, on s'endort dans les foins, mais au quatrième couplet on va chez le maire. Et l'on a un enfant pour le bis. On sauvegarde ainsi la morale et les bonnes mœurs. Maintenant, il se peut que ce romanesque ait induit en erreur de pauvres filles qui se seront aperçues que toutes les chansons, dans la vie, n'ont pas autant de couplets que dans le répertoire de Mme Judic et que, parfois, elles s'arrêtent, pour la confusion de l'amoureux, au couplet des foins.

La Censure n'aura pas été étrangère à la propagation de ces dangereuses et séduisantes doctrines qui ont pu servir à mettre à mal tant d'innocentes. Autrefois, quand la pudeur d'Anastasie s'effarouchait si vite, le mariage était obligatoire. La Censure l'imposait : ceci est à la lettre. Il n'y a pas si longtemps qu'une chanson, pour Mme Duparc, fut présentée au visa : c'était l'histoire de deux amants qui se possédaient et, ma foi, s'en tenaient là : « Un mariage serait moral », dit le censeur. L'auteur revint avec deux couplets supplémentaires : « Pourquoi deux couplets ? » demanda le gendarme de la décence. Celui du mariage, répondit le chansonnier, et comme il faut tout prévoir — la loi en main — j'y ai prudemment joint celui du divorce. »

L'hyménée n'est plus, de nos jours, une obligation stricte. L'ancien répertoire de Judic, menue monnaie de *Monsieur, Madame et Bébé* se modifie, et Judic elle-même songe beaucoup moins qu'autrefois à marier le monde. Yvette, qui lui succède, bien moderne, bien vivante, épouse peut-être au quatrième couplet, mais au cinquième, comme en le *Fiacre de Xanroff*, commode à l'adultère, *hop la la ho la dia hop la !* elle donne cent sous au cocher qui écrase son mari.

La Muse Montmartroise, irrespectueuse et sceptique, contribue à balayer quelques lieux communs vertueux sans assez sortir d'un monde interlope. Elle a présidé à l'élévation d'Alphonse et de sa marmite. C'est encore une variété de l'ancienne pitié romantique. Bruant, plantant le drapeau sur les hauteurs chatnoiresques, a exalté, au courant de ses rondes, inspirées d'un indicateur des rues de Paris ; — voyez La Chapelle, Saint-Ouen, Montmartre, Montparnasse, Grenelle, La Glacière, le Bois de Boulogne — la pierreuse qui fait les cent pas devant son cabaret, et le cadre terrible sur lequel sa maigre silhouette se détache. La couleur arbitraire de la crapule se rend plus facilement qu'on ne le suppose ; Durandeau et Monnier l'ont prouvé en des dialogues d'une intensité réaliste exacte. Le Théâtre de la rue de la Santé, bien avant notre café-concert, a connu des couplets qu'étalent la philosophie des « petits hommes » et des filles. Ce n'est pas un art si viril qu'il n'en a l'air, qui consiste à faire parler cette aimable société et à lui prêter des sentiments ignobles et très ingénus. Mais M. Bruant, doué d'une vigueur d'expression peu commune, et d'une originalité évidente, a pu condenser, en des chansons d'une belle allure populaire, l'âme complexe et louche des fauves.

Saint-Lazare est une complainte qui, pour être en germe dans Durandeau, ne caractérise pas moins sa manière... Quand Félicia Mallet daignait la dire, un frisson vous dégoulinait le long de l'échine. C'est d'une sensiblerie parfaitement canaille. Que peuvent-elles écrire à leurs Des Grieux, ces Manon « chopées par la rafle », emportées par le panier à salade, justiciables d'un Tribunal d'exception sévère à leurs écarts? Le fonctionnaire qui lit la correspondance de Saint-Lazare, quelle ample moisson il pourrait faire, s'il était tant soit peu observateur! Trouve-t-il parfois, dans le tas, la lettre qu'à son pauvre Polyte écrit l'Élisa de Bruant? En sait-il beaucoup, de ces missives qui se terminent sur le souvenir filial des blanches communions? Ce pleurnichement pieux se rencontre-t-il vraiment dans les épîtres qui portent le visa bleu de la prison?

Nul, au fond, ne le discute. On subit l'ascendant de ce romanesque sans résistance. On revoit ainsi volontiers Fantine, car c'est elle qui nous revient sous la caution réaliste de M. Bruant. Cette silhouette s'est incarnée. Elle s'est appelée Eugénie Buffet. Elle a plu au Concert, Nini, pour sa couleur et son accent si vrais, sa lente promenade, le nez au vent, la face peinte et violacée protégée par le fichu des faubouriennes, les mains dans les poches d'un jupon sans élégance, l'œil étincelant et la voix traînarde. C'était bien la chienne de carrefour. Elle a dit la chanson de la pierreuse, les misères de l'état, la tristesse des attentes menacées de la rousse, ses nausées et les rebuffades de l'homme. Parfois cherchant une excuse : « C'est pour la p'tiote », disait-elle d'un sourd accent qui peignait, autour de l'amour maternel, la haine montant sa garde.

Elle nous apporta une satisfaction, cette diseuse canaille et tragique; mais pourquoi, succombant à la tentation d'un cabotinage malheureux, après la pierreuse d'une couleur si juste et si sobre, venait-elle, détruisant l'impression produite, rompant le charme, glaner, en chemise de soie jaune (cabotine si tellement) quelques-uns des bravos qu'à pleines brassées moissonne Yvette?

Bruant, que pense-t-il de cette erreur chez l'artiste née de sa poésie? Car il est metteur en scène impeccable. Et ce n'est pas seulement le couplet qu'il met en scène, avec autant de minutie que de ficelles, c'est son art tout entier, c'est lui-même. Chanteur quelconque, jadis, il racontait l'histoire de la *Puce* : « *C'matin en m'habillant, j'sentis un picottement, c'était une petite puce* », et celle de la dent de sagesse, qu'il « valait mieux faire plomber que de faire arracher », et d'autres vulgarités, il songeait à s'évader d'une scène trop étroite pour son ambition. Rude gars, énergique, ayant gardé le parler lent et madré du paysan matois, le profil hostile, dur, tenant du chouan, du prêtre et du cabot, il rôda par là vers les hauteurs. Il chantait : « *Je cherche fortune, autour du Chat-Noir, au clair de la lune, à Montmartre.* » Il la trouva, la fortune, dans le cabaret quitté par le seigneur de Chatnoirville qui s'exilait en sa proche hostellerie, préface de son manoir et de ses terres.

Le metteur en scène Bruant régla la pièce, qui se jouerait au *Mirliton* pour les commis-voyageurs en bordée et les grandes dames en débauche. Il se dessina un costume, invariable : bottes de moujik — déjà! — veste de velours, gilet breton, foulard cramoisi et feutre à bords géants, dont tombaient ses cheveux plats. Tout un programme! Il mit dans son jeu comme atout l'impertinence qui avait réussi à Ramponneau. Il édicta qu'en son cabaret, tout entrant y serait cravaché d'insolences, humilié, bafoué, courbé sous le joug d'un despotisme grandiloquent. La cohorte de ses buveurs fidèles brimerait d'un refrain de grossière bienvenue — « *Oh! c'te gueule, c'te gueule, c'te binette!* » — toute femme qui se hasarderait en cette compagnie. Où Salis, obséquieux mystificateur, eut dit « Mon prince! » il dirait : « Ce muffle-là! » Où l'autre s'inclinait, très bas, chambellan de Cour, il se redresserait, les mains dans les poches et le regard durement dédaigneux. Parfois, il consentirait à chanter : « Taisez-*don* vos gueules vous *autes!* quand *ai-je* chante! » Et dominateur, debout sur une table, d'une voix tendre à la fois et rosse, se dandinant, avec des effets de hanche, il martellerait ses complaintes, vraiment très bien!...

Il a fait ses affaires, il est populaire, il est riche. Il a une ferme vers la butte et dans sa cave un bon petit vin blanc qu'il débouche volontiers pour les camarades de derrière les fagots.

Le type en valait la peine. Il enrichit la collection montmartroise, où Marcel Legay jette, non loin de lui, une autre note pittoresque. Ce bon Legay, enfant joyeux de la libre bohême, curieux et naïf, rapsode des repues franches, amoureux de sa musique et parfois trouvant, comme pour les *Corbeaux* de J.-B. Clément, des accents vraiment superbes! Où alla-t-il chercher la combinaison de son personnage. Il a pris à Lisbonne son pantalon à la houssarde, à Déroulède sa redingote, à Béranger son gilet, à Dailly son chapeau, à Jésus-Christ ses cheveux, et il en a composé Marcel Legay. Cette silhouette truculente et sympathique colporte les essais originaux de *Toute la gamme* et fait une incursion, vers le grand art, avec de la prose en musique. Legay vous ouvre un livre au hasard et Reyer, Samuel Rousseau ou Massenet n'ont qu'à bien se tenir. Un jour, que l'inspiration le hantait, il musica sur une lettre de Chincholle, suppliant qu'on lui donnât deux places pour *Ferdinand le Noceur*; Legay n'omit pas même la réponse, dont il fit un monument d'orchestration : « Impossible, mille regrets ». Ce fut l'un des plus beaux jours de sa vie que l'exécution de sa prose symphonique. Il s'était donné la peine de rendre à la *Mort de Jésus*, de Renan, le service de la mettre en musique. Le Maître en fut touché profondément. Cependant il murmura, les mains croisées sur son ventre, indulgent : « Vous avez mis mon livre en musique; que l'homme est sujet à l'erreur; moi qui croyais, mon enfant, l'avoir fait avant vous! » Notre rapsode, qui a donné à la rue l'*Heure du rendez-vous*, poursuit, incorrigible noctambule, sa carrière en tout caprice, chantonnant sans le moindre souci d'économiser une voix généreuse et chaude dont un peu d'éclat est resté à peu près dans tous les cabarets où la Muse montmartroise, si bonne enfant, vadrouille.

Cette Muse a de nombreux nourrissons, qui ont essayé d'apprendre si le soleil du concert luisait pour tout le monde. Timidement ils se sont mêlés à la foule des cabots — d'ailleurs volontiers cabots eux-mêmes — qui avaient appris au Chat-Noir l'art de dire en public les chansons qu'ils avaient faites. Pourquoi pas! quand le talent d'écrire se double des moyens de l'interpréter. Toute traduction a ses traîtrises ; on supprimerait la trahison en s'interprétant soi-même. En le monde officiel, Paul Marrot, Masson, Jouy, Mac-Nab — inoubliable expression d'humour — Meusy, Pradels ont appris la ficelle du comédien, mais Meusy seul l'a exploitée, à la bonne franquette, correct comme un employé d'administration, le lorgnon à cheval sur le nez, la barbe gardée — car la raser, c'eût été signer sa déchéance d'homme libre. Il se produisit « dans son répertoire ». Un répertoire aimable, de bonne façon, sans exagérément accrocher, mais sans rien qui éloigne, qu'on attend, qu'on réentend ; petite Muse agréablement piquante, peu agressive et ne frondant que pour le rire, selon un procédé plus près du Caveau que du Chat-Noir.

C'est une mode qui est appelée à renouveler le programme du concert que le chansonnier « dans ses œuvres » ; mais quand, pour cet exercice, un autre Nadaud surgira-t-il ? Car d'aucuns sont venus au trou du souffleur soupirer des romances qui étaient navrantes! Le mieux est le talent d'un Xanroff, d'un Donnay ou d'un Jouy au piano, sur la scène, sans orchestre, qu'exceptionnellement. Fragson, diseur, lui, et non auteur, procède ainsi et sa vogue s'affirme. On se le dispute, ce garçon. Il est, au reste, plaisant. Il dit bien, sans cabotinage, comme on dirait dans le monde, tantôt s'accompagnant, tantôt accoudé au piano, négligemment. Un accent de terroir, un accent anglais, le sert à miracle dans des imitations. Il y a là une indication pour un genre qui se cherche.

Elle est vieille et si diablement usée la corde que tirent les anciens victorieux du café-concert qui, sans voix, suppriment la peine de chanter et ne sont plus que des saltimbanques. Ils disent le boniment, pitres plus ou moins heureux. La volubilité du débit chez Perrin, cette mémoire stupéfiante qui dévide le récit comme une machine, est peut-être ce que ce système de traduction offre de plus original. Sans compter que Perrin — émule du légendaire Christian — est l'un de ceux dont le goût est le moins rarement en faute. Le débit précipité, à toute vapeur, étourdissant, qui fait, l'on sait combien de coq-à-l'âne et de calembours à l'heure, arrive par cette rapidité vertigineuse, à l'effet nerveux voulu. On rit quand le monologuiste à la course s'arrête, sans apparence d'essoufflement — pour dire n'importe quelle drôlerie du trésor des bons mots à trois cents pour un sou — on est conquis mais — si ce n'est Régiane ? — qui marche sur les traces du vieux Perrin ?

Ses copains affectent d'être lents et traînards. Ils ont le parler faubourien et canaille, tout disposés à incarner — avec quelles délices ! — la fine fleur de la société française. Ils savent de l'argot tout ce qui est nécessaire pour l'exercice de leur profession, qui consiste à monologuer sur un ton de psalmodie, avec quelques mesures d'orchestre qui justifient le concert. Un lointain souvenir de la *Chanson des gueux* et le dictionnaire des *Rimes vertes* ont permis à leurs auteurs de leur apporter ces chansons de lisière qui ont bien tout l'air, pour le fond et le style, d'avoir été confectionnées dans les prisons. Cela plaît aux galeries supérieures. On applaudit ferme quand l'acteur « naturalisse », chargé de lancer ces fortes vérités, incarne le voleur à main armée et se cambrant, s'écrie de sa voix grasseyante : « Faut pas êtr' feignant pour être cambrioleur ! » On sent bien là-haut qu'il classe un héros, et le cynique qui crierait : « Bravo, Lebiez ! » hurle de joie.

On n'a pas toujours cette philosophie menaçante et l'on est plus volontiers ronde-bosse et rigolard. On incarne des Thomas Vireloque sans profondeur, cyniques qui vivraient comme Diogène s'ils n'avaient horreur des tonneaux vides, mais à quel monde appartiennent-ils ? Quelle opinion ont-ils ? Ils sont vagues. Ce sont des purotins qui se la coulent douce, habitués des soupes de caserne, loustics de la cour des Miracles. C'est gros, c'est gras, c'est épais et ça sent fort. Mathias et Reschal ont de la bonne humeur là-dedans et ça passe. Ils n'ennuient pas avec leur « *si que l'on serait puce*, (ou poisson ou mouton), *si qu'on serait des bêtes au lieu d'être des gens, on ne paierait pas de termes au propriétaire* » — et mille abracadabrances « d'innocents ».

Ils ont, sur le monologuiste des salons, l'avantage de costumes plus pittoresques. Le modèle de l'emploi : c'est Mes Bottes. Va pour Mes Bottes ! Plébins ne vise pas au-delà : c'est le loustic qui divertit l'atelier et qui vous l'envoie au dessert. Hein, c'est-y touché ? Mince qu'on rigole ! Quand c'est l'Invalide belge à la bataille de Waterloo « Y a de quoi rire et s'amuser », comme dit le marchand de poil à gratter. Que voulez-vous de plus ? C'est ce que pense Clovis, infiniment plus drôle que celui de l'histoire, même quand il en est au vase de Soissons qu'il casse d'un coup de Francisque-Sarcey. Son léger zézaiement, la mobilité de ses petits yeux de souris clignotants et l'agilité de ses doigts sont de simples effets qui atteignent à la grave cocasserie très particulière du camelot. On ne se divertit pas moins à voir quelques autres Vaunel, imitant leurs libres frères de la rue, qui vendent des cartes transparentes ou font le petit jeu franc et loyal.

Avec une accentuation vers le noir, nous avons le cortège lamentable des miséreux. Dufort traîne leurs loques. Ceux-là, hâves, déchaussés, gibiers de toutes les potences formulent leurs griefs contre la société et parfois parviennent à donner l'impression de la chose vécue. Pourquoi le bouge, qui a ses Achilles, n'aurait-il pas ses Homères ? Seulement tout est relatif.

Un soir, passage de l'Elysée des Beaux-Arts, sentier tortueux au sommet de la Butte, les premiers invités de M. Antoine eurent la surprise de voir et d'entendre dans un acte de Villiers de l'Isle-Adam et surtout dans une scène de M. Oscar Méténier, un acteur, dont la tête puissante, comme taillée à coups de hache par un bûcheron vigoureux, exprimait avec une vibration intense la violence sombre du vagabond et du forçat. La boule rasée de frais, une boule de guillotiné sur un cou de taureau, la bouche sensuelle, la mâchoire avancée comme pour mordre, la voix rauque sinistrement, il nous fit passer un frisson dans la moelle. Il faisait un récit d'exécution et il était si truculent, si farouche, il montrait une volupté si âpre à souhaiter de descendre un bourgeois — un gras ! — que le froid du surin nous glaça les boyaux. Le nom de Mévisto — le sien — flamba dès lors dans les feuilles. Encore quelques créations au Théâtre-Libre empreintes d'un grand sentiment d'art et les scènes de premier ordre se disputeraient ce tragédien, qui n'avait eu de Conservatoire que la rue et que nos bancs pour Maubant. Il s'appliqua à grandir, et s'ennuya dans des tâches qui l'exilaient, le rapetissaient. Un jour, secouant sur le seuil des théâtres subventionnés la poussière des bottes — qu'il avait peut-être à son insu empruntées à Dumaine — il vint au café-concert. On lui fit fête, on le traita en monsieur qui faisait bien de l'honneur. Il eut des articles précurseurs, des affiches superbes de modernité et son début à la Scala amena en foule de bons lettrés et de vrais artistes. Mévisto avait revêtu la souquenille du Pierrot tragique, par la pantomime remis à la mode. Il disait de nobles vers de bons poètes, qu'il traduisait avec une puissance fascinatrice. Ces habitués, troublés dans leur digestion, étaient consternés. Cette vision de l'âme humaine qui souffrait, palpitait, versait des larmes rouges, c'était fâcheux, tout de suite comme ça après dîner. L'*amour s'amuse*... Il s'amuse ainsi cruellement, l'amour! Et c'étaient des cris, des sanglots, de la passion. Ibels, qui était là, voyait se succéder, pour les fixer d'un trait net et sombre, les rapides images de ce chemin de la croix des vrais amants. Mais l'oreille du public plus volontiers comprenait Maurel qui a perdu, ce garçon, de temps en temps, sa gigolette. « A s'a fait choper dans la rue! » Ça c'est clair, c'est précis, c'est connu et c'est rigolo. On y compare la môme à une blanquette de veau, ce qui est on ne peut plus tordant! L'autre fou, ivre de hausser son art, les essayait, ces Iliades du ruisseau, ces Odyssées du bouge. En s'attendrissant, il faisait défiler la théorie minable des désespérés, « tous ceux que trahit leur rêve »; les pauvres vieux Philémon et Baucis qui meurent tout doucement, sans révolte, sur le talus, où ils tombent épuisés par un labeur trop long. Lamentables hères, traîne-besace ou traîne-lyre, éclopés de la vie, oubliés du banquet, c'étaient leurs sanglots et leurs cris qu'il s'efforçait de traduire, en le cadre ruisselant des ors frivoles où l'oisiveté pharisienne badaude, satisfaite et indifférente. Le diable soit de l'importun! Passe pour la silhouette du gueux si elle fait rire; mais voyez-vous celui-ci qui prend la chose au sérieux et vous chope aux tripes — quand le cœur est trop loin — pour vous intéresser à quelque sans-avoir qui souffre et piaille!

Décidément, il gênait, cet artiste, composant son répertoire d'œuvres dignes, demandées à de vrais écrivains, à de vrais poètes, et c'était un soulagement quand apparaissait Caudieux, gras à lard, replet, belle nature et riche panse à laquelle il pense et qui conduit la ronde des boulotteurs :

Nous mettons notre gloire,
A bien manger bien boire,
Car le plus beau métier
C'est de boustifailler!

Ça, ça ravigote. Au moins, celui-là a « boulotté », et Dieu merci, il ne vous cherche pas noise au moment où vous digérez. D'ailleurs, excellent patriote. Il ne quitterait pas le public sans lui jurer la main sur le cœur — et chapeau bas — que « les boulotteurs suivront les trois couleurs ». Et encore, que « si la France appelait ses enfants, ils courraient à la victoire en chantant ce refrain : « *Une deux trois, zut! Une deux trois, zut! Et tin tin tin, vive le quartier Latin* » Dans la revue — ce sont choses qui se prophétisent — M. Caudieux aura l'honneur de saluer l'amiral Avellan.

Mais, c'est M. Marius Richard qui portera le toast. Car c'est M. Marius Richard qui a la spécialité des vins fins. Pas de petit bleu, fi! Il boit tous les grands crus de Bordeaux et de Bourgogne, épicurien discret, qui a charge de perpétuer à peu près seul aujourd'hui, l'ode à Bacchus. Il a l'ivresse amoureuse et galante, et couronné des pampres du vieux Rocher de Cancale, il récite aux femmes les madrigaux qu'au fond du verre depuis Anacréon il est d'usage d'y trouver. C'est une tradition pourtant qui s'en va que la chanson bachique, si fort en honneur chez nos aînés, quand la goguette s'ombrageait de treilles et que le vin, entre les repas, n'était point un breuvage suspect de vulgarité.

Grâces soient donc rendues au dernier troubadour d'Epicure, il n'est auprès de lui, rares fervents du vin, que des ilotes, ivrognes à trognes rubicondes, miteux, chassieux, baveux et trébuchants, qu'un hoquet pousse sur la scène et qu'on a l'inquiétude de voir s'épancher dans le trou du souffleur. Ceux-là sont le bon pochard, l'impérissable pochard! Pochard l'immortel! Ils restent la gaîté du peuple heureux de leurs bégaiements de langue et de paroles, et qui ne se tient pas de joie de les voir si saoûls que l'homme saoûl l'est certainement moins. Et quand il est Bourgès, le glorieux des *Pioupious d'Auvergne*, c'est particulièrement mémorable. C'est la ressource suprême du café-concert, que son poivreau titubant, larmoyant, sentimental et même socialiste. Le socialiste, c'est surtout Mathias, aussi perdu de vin que la bourrique à Robespierre, qui cherche à raisonner sur les affaires publiques et qui s'insurge, décidé à tout casser. « *Mon Dieu, faut que cette vie-là finisse... Aussi vrai que je suis socialiste!* » Il veut défoncer la cafetière des propriétaires, donner des calottes aux banquiers, taper sur la poire des patrons; aux concierges, qui refusent le cordon : « *Ran, des coups d' ribouis dans le citron* ». Et lui-même, dans cette distribution, lui-même qui dépense sa galette en boisson : « *Tiens, mon salaud* » — il se donne un coup de poing — *chope-moi ce marron!* » Et comme il songe que sa pauvre femme turbine, il court la rejoindre : « *Y faut, dit-il, qu'j'y casse la gueule aussi* ». C'est le comique des coups, vieux et résistant. Vadé l'exploitait déjà : « *Y a coups de pied, y a coups de poing, j'y cassis la gueule et la mâchoire* ».

Cette distribution de taloches nous réjouit toujours. Pour satisfaire ce goût qui commence dès l'enfance, quand nos angéliques trois ans sourient à toute beigne administrée à autrui, le concert qui ne recule devant aucun sacrifice, corse son répertoire de clowns pansus, anglais notoires, vêtus de complets en cheviotte quadrillés, coiffés de chapeaux minuscules et dont la mission est de s'administrer aussi froidement que possible toutes sortes de renfoncements. Ils apportent à cet exercice un flegme olympien ou anglo-saxon très estimé. Le fâcheux, c'est la pauvreté d'un schéma, où les mêmes plaisanteries du robinet planté dans le ventre, des dents cassées qui tombent avec fracas et du débouchage de l'oreille, reviennent avec une monotonie désespérante. Il convient de voir dans la persistance de ces minstrels à se maintenir sur l'affiche des concerts d'été, une indication du programme de l'avenir où l'exhibition tiendra une place chèrement disputée à la chanson. Et peut-être une heure sonnera-t-elle où le café-concert sera un lieu nommé ainsi, parce qu'il ne s'y fera point de concert et qu'on n'y boira pas de café.

Le chanteur y viendra exploiter quelque laideur spéciale à la façon des nègres-musicaux, et Mlle Abdala y sera une étoile de première grandeur. Tout à « l'excentric comic ! » Cette jeune personne devance son siècle. L'avez-vous vue ? Il faut la voir. Elle est douée d'une maigreur paradoxale, de membres que feu Ducastel eut jalousés, et au concours des grimaces de Notre-Dame-de-Paris, elle n'aurait pas eu besoin, pour gagner le prix, de tricher comme Guillemette : son visage lui suffit. Elle s'est exercée à la folie dès qu'elle a eu l'âge de raison. Tout ce que rêvent les petites filles — oh ! les vilaines ! — qui tirent la langue, louchent, se fendent la bouche, s'agrandissent les paupières — toutes ces choses qui font pleurer la Sainte-Vierge — elle les a faites. Il en est résulté une créature qui est à la femme ce que la *Belle-Hélène* est au poëme grec : une parodie cocasse. Elle a pris le contrepied de l'art féminin : elle met son charme à s'enlaidir. La caricature, dans la *Pauvre Angélique* qui a cassé sa bibi, la pauvrette, qui a cassé sa bicyclette, est juste. Avec le jeu des lumières et des ombres, anguleuse et l'ossature accusée, parfois Abdala donne la sensation d'un Daumier.

Elle ne fait que peu de sacrifices, elle exploite les plaisanteries de la création à son égard. Ainsi fit Chaillier quand il roula sa bosse. Et, ainsi, fait cette sphérique personne, qui est Madame Bloch. Elle est avantagée d'excédents en largeur. Elle ne cherche pas à les dissimuler. Elle en convient, à la bonne franquette et toute ronde. On se plaît à lui donner un costume de général qui souligne, pour la plus grande joie des spectateurs l'être d'exception qu'est cette jeune femme. Comme sa tournure lui suffit, son répertoire ne diffère en rien de ceux où puisent les différentes demoiselles de bonne volonté qui cherchent à savoir : « *Qui qu'a vu Coco dans le Trocadéro* ».

Elles ont des façons de s'en informer tout à fait inattendues. D'aucunes viennent en gentleman, habit rouge et culotte blanche extrêmement collantes. Elles sont blondes d'ordinaire, fardées et pâles comme la mort. Leur bouche saigne dans le plâtre du visage et leurs yeux cruels ont des lueurs félines. Il était inévitable que l'androgyne escaladât, équivoque, derrière les folles de leur corps, la scène du concert. « Elles y sont inquiétantes, agressives et mauvaises langues », a dit une femme.

Et le froid qu'elles font rappelle vers n'importe quoi qui soit franc, et déride, fut-ce même la grossière ivrognerie de nos pochards classiques, fut-ce l'incommensurable niaiserie du tourlourou guindé, gauche, emprunté, Pangloss sans raisonnement, qui prend la vie comme elle vient, à la guerre comme à la guerre. Il n'a pas à se mettre en frais pour être ridicule, le Gouvernement a fait l'essentiel : la veste brève sur le pantalon informe, le képi à l'ordonnance, les godillots et la tondeuse, c'est déjà irrésistible. Quand cette petite tenue se complique des gants blancs du dimanche, Boquillon, sentimental et vaporeux, est, rien qu'à paraître, sûr de l'effet. Ouvrard en a esquissé un pantin à ressorts compliqués, dont les doigts sont doués d'une curieuse puissance de raisonnement. C'est un chercheur de tics mécaniquement réglés que M. Ouvrard ; il a renouvelé la ronde campagnarde. « *Hé allez donc, digue donc, digue daine ; hé allez donc, diguedaine et diguedon.* » Mais M. Polin, qui procède de lui, est passé à l'état de coqueluche. Voir Polin, entendre Polin, car l'un et l'autre, à la fois, sont nécessaires, c'est l'une des distractions favorites de nos contemporains. Polin, d'un naturel parfait, doué d'une bonne face toute ronde, éclairée d'un feu intérieur paisible et doux, s'imagina d'être le tourlourou déjà connu, le naïf troupier que nous aimons pour sa bêtise, qui est un monument national. Bien lui en prit. Il est célèbre, il a la vedette de feu sur le boulevard et la forte somme comme cachet. Il est roi du concert. Tout Paris pour Polin a les yeux de la grosse Mélie. Pourquoi, au juste ? Ce sont les secrets de la popularité. Comme dirait Polin :

C'est ogival
Et transversal
Collatéral
Cucurbital
Continental
Imbécinal
Phénoménal
Tergiversal
Moutardinal
Pyramidal

A cause du genre... Comprenez peut-être... Le militaire... Honneur, patrie... J'vais pas plus loin... çà vous ferait mal. Et voilà, au total, de quoi est fait ce talent génial !... » J'ai tâché à rendre, en son style, l'art particulier de ce souverain de l'heure présente. Il charme. On ne discute point l'amour, on le subit. Il est là, on l'écoute, on le regarde, on se pâme. Les maux sont oubliés et aussi les trahisons et les querelles. Je crois bien qu'il dit des insanités, mais il n'est que de passer quelques minutes agréables, et ce bon gros garçon dont on raffolle, inintelligent avec tant d'esprit, timide et la bouche toujours ouverte, s'y prête essentiellement.

Polin, glorieux entre tous et qui chante à peu près pour ne rien dire, ne se souciant que de rendre le philosophe indémontable qu'est le soldat, nous ramène à la pensée, énoncée plus haut, qu'il n'est que ce qui plaît et que l'on a peut-être le droit de pouvoir aimer ce qu'on aime le mieux sans en rendre compte à qui que soit, fût-ce à soi-même. Qu'autant que possible il y ait trace d'esprit ou de littérature dans une chanson, cela peut-être ne nuit point : Thérésa n'en voulait pas convenir, mais

M. Mévisto le pense et Yvette le prouve. Pour Caudieux, il vous dira que l'on peut parfaitement s'en passer et ce sera évidemment l'opinion de M. Polin.

Pour faire une chansonnette,
Faut pas peser cinq cents.
On écrit n'importe quoi,
Ça fait la rue Michel.

Je ne vous dirai pas que j'ai trouvé cette définition de la chanson dans l'*Art poétique* de Boileau, mais elle se proclame sous la caution de M. Garnier, fournisseur heureux de nos établissements chantants. Les interprètes s'en contentent, le public aussi, et ça fait la rue Michel. Par cette image, vous entendez que ça fait la rue Michel... le compte. Daumier, qui se peut évoquer à propos d'une œuvre née de la collaboration de Toulouse-Lautrec et d'Ibels, faisait son credo de cette devise : « Il faut être de son temps. » C'est d'une haute sagesse ! Et pour mon humble cas, j'avoue que, partageant le délire de mes contemporains, je m'en voudrais d'ignorer que « les matelots sont rigolos », — cette Marseillaise du café-concert et de la rue en l'an de grâce franco-russe 1893. Non seulement je ne l'ignore point, mais je la goûte. Il faut être de son temps et jouir avec le peuple — notre maître à tous ! — d'un art qui, victorieux, oscille de Paulus à Polin.

*Georges* MONTORGUEIL.

*Imprimerie Léon Frémont. Arcis.*

H. G. Ibels

H.G. Ibels

H.G.Ibels

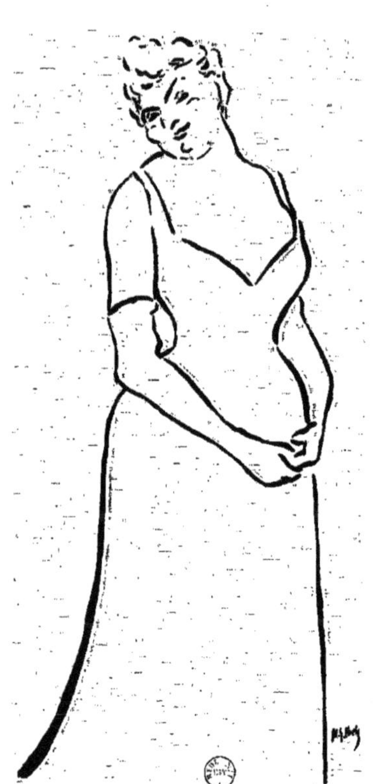

www.ingramcontent.com/pod-product-compliance
Ingram Content Group UK Ltd.
Pitfield, Milton Keynes, MK11 3LW, UK
UKHW012119240726
13965UKWH00005B/1851

9 782013 622899